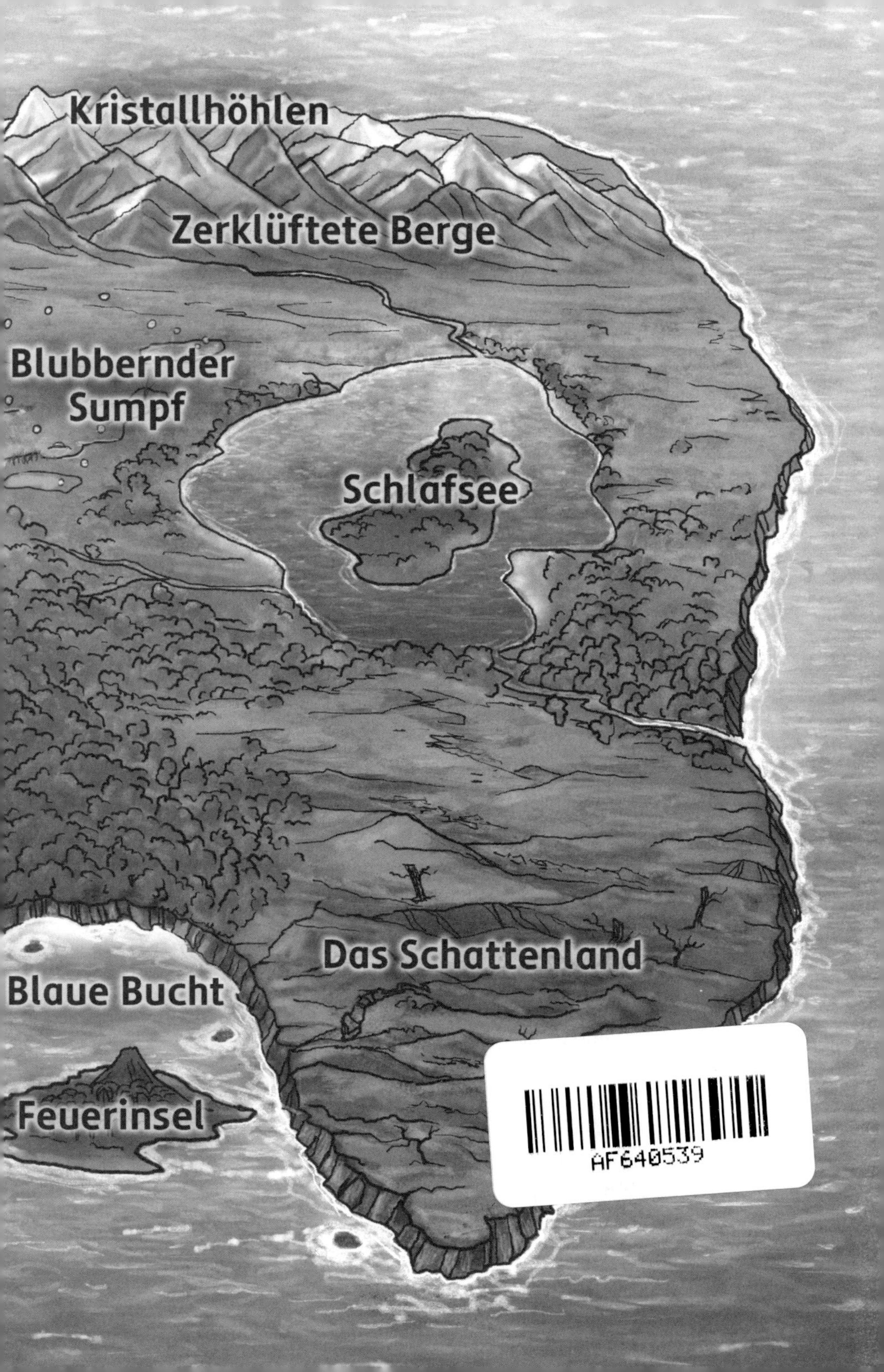
Kristallhöhlen
Zerklüftete Berge
Blubbernder Sumpf
Schlafsee
Das Schattenland
Blaue Bucht
Feuerinsel

Katrina Charman

Der letzte Feuerfalke und die flüsternde Eiche

Band 3

Bisher erschienen:

Band 1: Der letzte Feuerfalke und der Stein der Macht
Band 2: Der letzte Feuerfalke und die Kristallhöhlen
Band 3: Der letzte Feuerfalke und die flüsternde Eiche
Band 4: Der letzte Feuerfalke und der geheimnisvolle See
Band 5: Der letzte Feuerfalke und das Schattenland
Band 6: Der letzte Feuerfalke und die dunkle Magie
Band 7: Der letzte Feuerfalke und das Wolkenland
Band 8: Der letzte Feuerfalke und das Silbermoor
Band 9: Der letzte Feuerfalke und der goldene Tempel

Katrina Charman

Der letzte Feuerfalke

und die flüsternde Eiche

Band 3

Illustriert von Jeremy Norton

Aus dem Amerikanischen übersetzt von
Klaus Mende und Sabine Tandetzke

Loewe

Für Maddie, Piper und Riley. – KC
Ich danke meinen Eltern, die mir gezeigt haben, wie wertvoll Kunst ist. – JN

ISBN 978-3-7432-0814-8
3. Auflage 2024
erschienen unter dem Originaltitel
The Last Firehawk – The Whispering Oak

Published by Arrangement with SCHOLASTIC INC.,
557 Broadway, New York, NY 10012 USA
Dieses Werk wurde vermittelt durch die Literarische Agentur
Thomas Schlück GmbH, 30161 Hannover.

Aus dem Amerikanischen übersetzt von Sabine Tandetzke und Klaus Mende
Umschlag- und Innenillustrationen: Jeremy Norton
Umschlaggestaltung: Ramona Karl

Druck und Bindung: GGP Media GmbH, Karl-Marx-Straße 24, D-07381 Pößneck
produktsicherheit@loewe-verlag.de

www.loewe-verlag.de

Inhalt

Prolog

Im verborgenen Land Perodia liegt der Wald von Valor – ein Ort voller Magie und Licht. Dort führt eine weise alte Eule namens Grey die Eulen von Valor an. Diese tapferen Kämpfer beschützen die Geschöpfe des Waldes. Doch eine unheimliche Dunkelheit breitet sich über Perodia aus und lässt die Magie des Waldes und das Licht verblassen …

Der mächtige alte Geier Burung herrscht über den *Schatten*, einen dunklen Zauber. Immer wenn der *Schatten* erscheint, sind Burung und seine Armee rotäugiger Spione nicht fern.

Der böse Geier wird nicht aufhören,

ehe Perodia zerstört ist. Nur mit dem magischen Stein der Macht könnte es gelingen, Burung ein für alle Mal aufzuhalten.

Talon, eine kleine Schleiereule, und seine Freunde Agila, ein flinkes Eichhörnchen, und Ruby, der letzte Feuerfalke, machen sich auf die Suche. Sie haben bereits zwei Stücke des Steins gefunden, die an verschiedenen Orten in Perodia versteckt sind. Aber es fehlen noch Stücke. Burung und seine Spione suchen ebenfalls nach dem Stein der Macht – und nach Ruby. Die aufregende Reise der Freunde geht weiter …

Die Wanderdünen

Talon zog die magische Landkarte aus seinem Rucksack und betrachtete einen hell glühenden Punkt auf dem Papier.

„Unser Weg führt in Richtung Westen“, sagte er zu seinen Freunden Agila und Ruby. „Das nächste Stück vom Stein der Macht finden wir bei der Flüsternden Eiche.“

Ruby piepste aufgeregt.

„Wir müssen uns beeilen, um vor Burung und

seinem *Schatten* da zu sein", meinte Agila und hielt nach den dunklen Wolken des *Schattens* Ausschau. Über den Bäumen ging langsam die Sonne auf.

Ruby beugte sich über Agilas Schulter, um auf die Karte zu sehen. „Wanderdünen", sagte sie.

„Müssen wir da durch?", fragte Agila und zeigte auf eine große sandige Wüste.

Talon nickte. „Grey hat mir mal erzählt, dass es in den Wanderdünen oft Tornados gibt, die den Sand aufwirbeln."

Agila erschauerte. „Wir werden *sehr* vorsichtig sein müssen“, warnte sie, während Talon die Landkarte wieder im Rucksack verstaute.

Die drei Freunde machten sich auf den Weg. Talon und Ruby flogen über die Baumwipfel und Agila zischte so schnell durch die Äste darunter, dass ihr graues Fell nur als ein verschwommener Fleck zu sehen war. Je weiter sie nach Westen kamen, umso wärmer wurde es.

„Puh!“, schnaufte Agila, als sie an einem kleinen Bach rasteten. „Es wird heiß.“

Talons Federn wurden von einer warmen Brise zerzaust. „Und es kommt Wind auf“, sagte er.

Ruby deutete mit ihrem Flügel voraus. „Wanderdünen", sagte sie.

Talon flog weit hinauf und sah, dass Ruby recht hatte. Die Bäume wurden immer spärlicher und dahinter erstreckte sich bis zum Horizont die Wüste.

Ruby piepste auffordernd und drehte sich um, sodass das Eichhörnchen auf ihren Rücken klettern konnte.

„Großartige Idee, Ruby", sagte Agila, als sie aufstieg.

„Ja“, stimmte Talon zu, „wir kommen viel schneller voran, wenn wir alle fliegen.“

Sie hoben ab und segelten über die Bäume hinweg auf die Sandwüste zu.

Je näher sie kamen, desto stärker wurde der Wind.

Plötzlich wurde Talon vom Himmel hinunter auf den weichen Sand am Rand der Wüste geweht.

Ruby und Agila landeten neben ihm.

„Der Wind ist zu stark!“, rief er und spuckte Sand aus seinem Schnabel. „Wir werden durch den Sturm laufen müssen!“

Der Wind wirbelte um sie herum und die Sandkörner flogen in ihre Augen und Schnäbel. Talon nahm den Dolch, den Grey ihm gegeben hatte, und schnitt drei Streifen vom oberen Teil des Rucksacks ab. Einen davon band er sich zum Schutz vor dem Sand um und gab die anderen beiden seinen Freunden, die es ihm nachmachten.

Mühsam schleppte sich Talon durch die Wüste und kämpfte sich durch den Wind und den Sand voran. Agila und Ruby folgten ihm.

Der Sturm blies immer stärker. Die Stoffstreifen wurden davongeweht und der Sand rutschte ständig unter Talons Füßen weg.

Auf einmal begann sich der Boden wellenförmig durch die Wüste zu bewegen. Rauf und runter. Höher und höher.

Als Talon aufblickte, entdeckte er einen riesigen Sandwirbel, der genau auf sie zukam.

Tornado!

Ein Sandtornado!", schrie Talon.

Der Wirbelsturm zog eine tiefe Spur durch die Wüste, als er sich näherte.

Talon griff nach Agilas Pfote, doch eine riesige Sandwelle erhob sich und warf ihn um. Als die Welle ihn mit sich riss, versank er langsam im Sand.

„Agila! Ruby!", schrie Talon auf. Er versuchte loszufliegen, aber der Wind war zu stark.

Um sich herum sah er nur noch Sand.

Agila war gerade auf Rubys Rücken gesprungen, als ein heftiger Windstoß sie so weit voranschob, dass sie direkt neben Talon landeten. Er ergriff Rubys Schwanz und sie zog mit aller Kraft, bis ihr Freund aus dem Sand befreit war.

„Alles in Ordnung?!", fragte Agila.

Talon nickte. „Danke, dass ihr mich gerettet habt."

Aber Agila antwortete nicht, sondern starrte mit großen Augen auf etwas hinter ihm.

Ruby rief warnend: „Pieeep!"

Der Sandtornado kam näher und näher.

Agila ergriff Talons Flügel. „Wir müssen irgendwo Schutz suchen!“, schrie sie.

Talon schüttelte den Kopf. „Das schaffen wir nicht mehr!“, erwiderte er und schaute seine Freunde an. „Ruby, du bist als Einzige von uns stark genug, um aus dem Sturm herauszufliegen. Du musst ohne uns weitermachen!“

Ruby stampfte mit dem Fuß auf.
„Nein!“, rief sie.

Der Sandtornado war nun fast über ihnen.

Plötzlich hob Ruby ihre glänzenden Flügel. Ihre Federn flatterten im Wind, doch sie flog nicht davon. Stattdessen legte sie ihre Flügel wie einen schützenden Kokon um Talon und Agila. Dann steckte sie ihren Kopf ebenfalls hinein, beugte sich vor und grub ihre langen Krallen tief in den Sand.

Talon konnte das Brüllen des Wirbelsturms hören, der sie umtoste. „Der Tornado ist direkt über uns!“, sagte er zitternd.

Agilas Schwanz zuckte hin und her. „Ich habe Angst!“, schrie sie.

Tröstend nahm Talon ihre Pfote und Ruby piepste leise.

Die drei Freunde umklammerten einander so fest sie konnten und warteten darauf, dass der Tornado sie fortblies.

Eine magische Wiese

Langsam ließ das laute Tosen des Windes nach und der Sand unter ihren Füßen beruhigte sich.

„Ist es vorbei?“, fragte Talon.

Ruby hob ihren Kopf und schaute sich in der Wüste um. „Alles sicher!“, sagte sie und öffnete ihre Flügel.

Talon blinzelte. Er traute seinen Augen nicht. Der Himmel war klar – nichts deutete darauf hin, dass es hier jemals einen Wirbelsturm gegeben hatte.

„Seht nur!“, keuchte Agila und zeigte auf eine tiefe Rinne im Sand. Der Tornado war genau da entlanggezogen, wo sie gestanden hatten.

Talon rief verblüfft: „Ich kann nicht glauben, wie stark deine Flügel sind!“

Ruby lächelte.

„Du hast uns gerettet!“, sagte Agila und umarmte sie.

„Deine superstarken Flügel sind bestimmt auch eine von deinen magischen Feuerfalken-Kräften“, meinte Talon. „Genau wie deine Macht über das Feuer und dein Schrei.“

Agila bürstete sich den Sand aus dem Fell und murmelte: „Das war knapp. Selbst mit Rubys magischen Fähigkeiten!“

Talon schaute nach, ob ihr Stück vom Stein der Macht noch sicher verstaut war. Als er aufblickte, entdeckte er einen breiten grünen Streifen am fernen Horizont. „Seht ihr das?"

„Wir haben das Ende der Wüste fast erreicht!", rief Agila.

Sie rannte über den Sand. Die beiden anderen breiteten ihre Flügel aus und flogen hinter ihr her. Als Talon sich dem Rand der Wanderdünen näherte, konnte er die Spitzen saftig grüner Bäume sehen.

Ich hoffe, dort gibt es Wasser, dachte Talon. Er war durstig, nachdem er all den Sand geschluckt hatte.

Bald darauf landeten Talon und Ruby auf einer Wiese voller Obstbäume. Agila stand neben einem Teich, in den ein kleiner Wasserfall floss. Überall um sie herum blühten Hunderte bunter Blumen. Talon nahm einen tiefen Atemzug. Die Luft roch so frisch.

„Wo sind wir?“, fragte Agila, pflückte eine lila glitzernde Blume und steckte sie unter ihre Rüstung.

Talon schaute auf Greys Landkarte, doch da war keine Wiese zu sehen. „Ich bin mir nicht sicher. Vielleicht ist es ein magischer Ort?“

„Es fühlt sich jedenfalls so an“, sagte Agila.

Ruby nickte und tauchte ihr Gesicht in das kühle, süß schmeckende Wasser.

Die Freunde aßen Ananas, Mangos und Papayas, bis ihre Bäuche voll waren.

Dann füllten sie ihren Trinkschlauch und sammelten Früchte als Proviant für die weitere Reise.

Talon flog hoch in die Äste eines Baums in der Nähe. In der Ferne waren zwei große braune Hügel zu sehen.

„Wir sind fast bei der Flüsternden Eiche“, rief Talon. „Wir sollten jetzt aufbrechen.“

„Können wir nicht noch ein bisschen hierbleiben?“, bettelte Agila.

„Piiieeep?“, stimmte Ruby ihr zu.

„Burung oder seine Spione könnten dicht hinter uns sein“, antwortete Talon. „Wir müssen jetzt weiter.“

Die Freunde gingen zum Rand der Wiese. Der dunkle Schatten der Hügel kroch näher und Talon fröstelte, als die Luft kälter wurde.

Schließlich erreichten sie den Fuß der beiden Hügel.

„Die Flüsternde Eiche ist auf der anderen Seite", sagte Talon.

Ein unheimlicher Tunnel

„Wir müssen da doch nicht etwa rüberklettern, oder?“, fragte Agila besorgt, während sie die beiden riesigen schroffen Hügel hinaufschaute.

Alles war braun und staubig. An den felsbedeckten Hängen waren nur ein paar abgestorbene Büsche und Bäume zu sehen.

„Fliegen?“, fragte Ruby.

„Lieber nicht. Es führt ein Weg mitten hindurch“,

sagte Talon und zeigte auf einen engen Durchgang. „So wird es am schnellsten gehen."

Die drei Freunde betraten den Tunnel zwischen den Hügeln. Er war dunkel und kalt. Der Gang war so breit wie hoch und Rubys Kopf streifte die Decke.

„Es sieht so aus, als wäre der *Schatten* schon hier gewesen", flüsterte Agila und griff nach ihrer Schleuder.

Sie könnte recht haben, dachte Talon und zog seinen Dolch. *Ich hoffe nur, dass Burung noch nicht das nächste Stück vom Stein der Macht gefunden hat.*

Agila lud ihre Schleuder. „Haben wir noch mehr Eicheln?", fragte sie Talon. „Ich habe schon fast keine mehr."

Talon durchsuchte den Rucksack, dann schüttelte er den Kopf. „Sicher werden wir bei der Flüsternden Eiche welche finden."

„Ist unser magischer Stein jetzt gerade warm?", fragte Agila.

Talon betastete prüfend ihren Stein. Die beiden Teile, die sie schon gefunden hatten, waren zu einem Stück verschmolzen. „Fühlt sich immer noch kalt an", sagte er.

„Behalte ihn im Auge. Der Stein wird wärmer, wenn wir uns dem nächsten Teil nähern", antwortete Agila.

Als Talon weiterging, tropfte etwas auf seinen Kopf. Er zuckte zusammen und wischte sich mit einem Flügel über das Gesicht.

„Es ist zu dunkel", sagte Agila. „Ruby, kannst du mit deinen Flügeln den Weg beleuchten?"

Ruby bewegte behutsam ihre Schwingen auf und ab. Ihre goldenen Federn flammten nacheinander auf und glühten mit einem sanften Schimmer.

Das Licht warf Schatten auf die Wände und ließ die Kanten und Risse im grauen Fels hervortreten.

Talon erschauerte. *Dieser Tunnel ist das perfekte Versteck für Burungs Spione*, dachte er.

Er ging voraus, Ruby folgte ihm und Agila hielt nach hinten Ausschau.

„Bleibt wachsam", flüsterte Talon.

Der Tunnel wurde enger.

Plötzlich knackte es über ihnen. Sand und kleine Steine rieselten von den Wänden. Talon umfasste seinen Dolch fester, als unheimliche schwarze Schatten über den Boden huschten.

„Wir sind nicht allein“, wisperte er.

Felsenkäfer

Was war das?“, kreischte Agila, als etwas über ihren Fuß lief.

„Piep!“, rief Ruby. Sie schüttelte ihre Federn, bis sie heller leuchteten.

Talon wich bis zur Tunnelwand zurück und beugte sich hinunter, um sich alles genauer anzusehen.

Hunderte glänzend schwarzer Käfer kamen aus Spalten in Wänden und Boden gekrochen.

Kratz! Scharr!

„Das sind Felsenkäfer“, erklärte Talon. „Sie leben in den Lücken im Gestein und ihre Panzer sind super hart.“

Agila hob ihre Schleuder. „Sie könnten Spione von Burung sein“, wisperte sie. „Schau dir mal ihre Augen an.“

Talon suchte nach den roten Augen, die alle Spione von Burung hatten. Aber bei den Käfern waren sie unter dem Panzer versteckt.

„Die Tierchen sind klein“, sagte Talon. „Vielleicht lassen sie uns einfach durch.“

Kratz! Scharr!

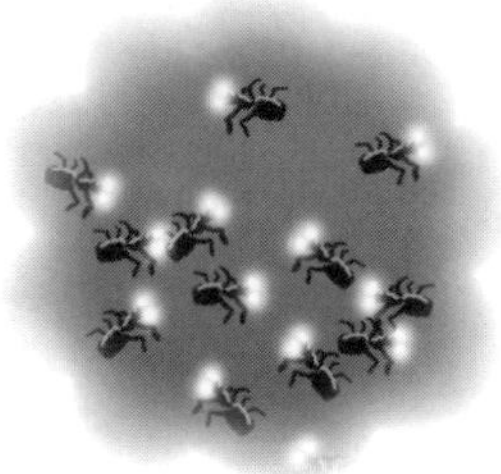

Ruby stampfte mit den Füßen auf, als ein paar Käfer näher an sie herankamen.

„Die Stachelameisen waren auch klein", erinnerte Agila ihre Freunde. „Aber sie haben gebissen – und zwar heftig!"

„Wir müssen weiter", flüsterte Talon. „Versucht bloß kein Geräusch zu machen."

Er schlich vorsichtig weiter und wich dabei den Felsenkäfern so gut wie möglich aus. Sobald ihm einer zu nahe kam, richtete er seinen Dolch auf ihn. Nach einer Weile war ein schwaches Licht am Ende des Tunnels zu erkennen. „Wir haben es fast geschafft", sagte er leise.

Plötzlich fiel einer der Käfer auf seine Schulter. Talon zuckte zusammen und sein Dolch fiel mit einem lauten Scheppern auf den Boden.

Die Felsenkäfer erstarrten. Dann drehten sie sich um und schauten zu Talon und seinen Freunden auf. Tausende glühend roter Augen starrten sie an, als die Käfer ihre rasiermesserscharfen Hörner hoben.

„Sie gehören *tatsächlich* zu Burung!", keuchte Talon. Schnell hob er seinen Dolch wieder auf.

„Piep! Piep! Piep!“, rief Ruby mit zitternden Federn.

Die Felsenkäfer strömten wie ein zäher schwarzer Fluss an den Füßen der Freunde vorbei.

„Was machen die denn da?“, fragte Agila entsetzt.

Die Käfer kletterten einer nach dem anderen aufeinander, bis sie nicht mehr Hunderte einzelner Käfer, sondern ein gigantischer Riesenkäfer waren.

Wie kommen wir bloß von hier weg?, fragte sich Talon.

Ruby konnte ihre Macht über das Feuer in dem engen Tunnel genauso wenig nutzen wie ihren lauten, durchdringenden Schrei, mit dem sie alle Feinde verjagen konnte. Beides wäre einfach viel zu gefährlich gewesen.

Talon hob entschlossen seinen Dolch. „Wir werden uns wohl den Weg hinaus freikämpfen müssen!“

Er griff mit seinem Dolch an und stieß einige einzelne Käfer zu Boden, aber ihre Panzer waren so hart, dass Talon sie nicht verletzen konnte. Daher versuchte er, den Riesenkäfer, den sie gebildet hatten, aufzubrechen.

Agila verschoss ihre letzten Eicheln. Jedes Mal wenn sie traf, fielen unzählige Käfer zu Boden.

„So ein Mist! Ich habe keine Eicheln mehr!", rief sie schließlich außer Atem.

Talon versuchte weiter, mit seinem Dolch den riesigen Käfer zu zerstören, während Agila ihn mit ihren Pfoten attackierte und Ruby mit dem Schnabel angriff. Doch immer wenn sie ein paar Käfer erwischten, nahmen andere deren Platz ein.

„Es sind zu viele!", rief Talon, während er zurückwich.

„Oh-oh!", stieß Agila hervor.

Kratz! Scharr!

Immer mehr Käfer huschten an den Freunden vorbei. Talon drehte sich langsam um. Auch diese Felsenkäfer waren aufeinandergeklettert und hatten einen zweiten Riesenkäfer gebildet! Nun stand einer vor und einer hinter ihnen.

Die Freunde saßen in der Falle!

Gefangen!

Während die Riesenkäfer immer näher kamen, stampfte Ruby mit den Füßen. Der Boden bebte und Talon bemerkte ein kleines Loch neben ihren Krallen.

„Sieh nur!", sagte er zu Agila.

Als Ruby noch einmal fester mit den Füßen stampfte, brach ein weiterer Teil des Bodens ein.

„Unter uns ist noch ein Tunnel", rief Talon. „Das ist der Ausweg!"

„Äh, Talon“, sagte Agila und zeigte auf die beiden Riesenkäfer, die sich schnell näherten.

„Alle mit den Füßen stampfen!“, befahl Talon.

Sie trampelten so fest sie konnten und machten dabei laute hallende Geräusche im Tunnel.

Plötzlich gab der Boden nach. Die Freunde fielen tiefer und immer tiefer, schlitterten von links nach rechts an den Wänden des verborgenen Tunnels entlang.

„Wuuhuuuh!“, juchzte Agila, während sie durch das Innere des Hügels rutschten und mit einem Plumps im weichen Gras landeten.

Talon bürstete den Schmutz von seinen Federn und blickte auf das große Loch im Berghang. „Wir haben es geschafft!“, jubelte er.

Ein paar Felsenkäfer waren ihnen aus dem Tunnel gefolgt. Zischend krabbelten sie ans Tageslicht. Dann hasteten sie zurück in die Dunkelheit.

„Die Felsenkäfer mögen kein Sonnenlicht", sagte Agila. „Genau wie Burungs andere Spione, die Tiger-Fledermäuse."

„Aber sie wissen, dass wir hier sind", erwiderte Talon. „Sie werden Burung verraten, wo wir sind. Wir müssen den Stein der Macht finden, bevor er den *Schatten* herschickt."

„Eiche!", piepste Ruby.

Talon und Agila sahen sich um. Genau wie auf der anderen Seite waren auch auf dieser Seite der Hügel alle Pflanzen abgestorben. Eine verdrehte alte Eiche stand in der Mitte der grauen Landschaft. Sie trug seltsam geformte grün-braune Blätter, wie Talon sie noch nie gesehen hatte.

Agila zeigte auf den Rucksack. „Sieh mal nach dem Stein!", drängte sie.

Talon schaute hinein und hoffte, ein warmes Glühen zu sehen. Aber ihr Stück vom Stein der Macht war immer noch kalt.

„Vielleicht sind wir nicht dicht genug dran?", überlegte Agila laut.

Die Freunde eilten den Hügel hinunter zur Flüsternden Eiche und suchten den Baum und seine Umgebung nach dem Stein ab.

Ruby schaute in den Astlöchern und auf den

unteren Ästen nach. Agila suchte am Fuß des Baumes und sammelte dabei heruntergefallene Eicheln auf, während Talon um die höheren Äste herumflog. Aber sie fanden keine Spur vom Stein der Macht.

Ich muss etwas übersehen haben, dachte Talon. *Aber was?*

Die Grummelbienen

Das nächste Stück des Steins muss hier irgendwo sein!", sagte Talon.

Ruby hüpfte weiter herum und suchte unter den Felsen am Fuß des Baumes. Agila kletterte am Stamm hoch, um zwischen den oberen Ästen zu suchen. Talon flog zum Wipfel der Eiche und suchte die höchsten Zweige ab.

Plötzlich erregte etwas seine Aufmerksamkeit. Er bemerkte ein leises Summen, das auch noch zu hören war, als er den Kopf schüttelte. Talon schoss auf den Boden hinab und rief seine Freunde zusammen.

Agila kletterte am Baumstamm herunter.

Ruby kam herübergehüpft, den Kopf zur Seite geneigt.

Talon hielt sich den Flügel ans Ohr.

„Hört ihr das?“

Die Freunde lauschten aufmerksam. Zuerst dachte Talon, es wäre vielleicht der Wind, der in den Blättern raschelte, aber das Rauschen verstärkte sich. Es hörte sich an wie ein Flüstern im Wind, das immer lauter wurde.

Agila machte große Augen. „Spricht ... der Baum?", fragte sie.

Das Summen wurde noch lauter und schließlich konnte Talon einzelne Wörter verstehen. „Vielleicht tut er das wirklich ...", sagte er. „Immerhin wird er die Flüsternde Eiche genannt."

Talon zuckte erschrocken zusammen, als ein zartes Stimmchen direkt neben seinem Ohr rief: „Geht weg!"

Dasselbe musste auch Agila und Ruby passiert sein, denn sie zuckten ebenfalls zusammen.

„Wer ist da?", schrie Agila und lud eine Eichel in ihre Schleuder.

Talon spürte, wie etwas an seinem Gesicht vorbeisummte und auf einem Ast landete. Er flog dichter heran und sah eine kleine Biene dort sitzen, die ihm mit einem ihrer Beine zuwinkte. Der Ast bewegte sich und er entdeckte eine weitere Biene. Talon konnte kaum glauben, dass ihm das nicht vorher aufgefallen war: Der Baum hatte gar keine Blätter, sondern war bedeckt mit Bienen! Aber es waren keine normalen Bienen. Sie waren dunkelgrün und braun gestreift und hatten lange spitze Stachel.

„Wer seid ihr?“, fragte Talon.

„Sie könnten Spione von Burung sein“, flüsterte Agila.

„Wir sind keine Spione!“, rief eine kleine Biene. „Wir sind Grummelbienen. Und nun verschwindet von unserem Baum!“

„Aber ...“, protestierte Agila.

Die Bienen summten lauter.

Eine nach der anderen flogen sie von den Ästen auf, bis der Baum kahl war. Wie eine grün-braune Sturmwolke wirbelten sie durch die Luft.

„Piep!“, rief Ruby, um die Grummelbienen auf sich aufmerksam zu machen.

Aber sie summten nur lauter.

„Seid vorsichtig!", warnte Agila. „Sie könnten stechen."

Als die Bienen um Talons Kopf herumschwärmten, konnte er Hunderte dünner Stimmchen gleichzeitig rufen hören. Doch weil sie alle durcheinander schrien, ergab das, was sie sagten, keinen Sinn.

„Ich kann euch nicht verstehen!", rief Talon den Grummelbienen zu. Für einen Moment verstummten sie und schwebten einfach nur in der Luft. Dann schrien sie mit einer einzigen Stimme so laut, dass Talon fast hintenüberfiel: „**Geht weg!**"

Eine neue Spur

Talon, Agila und Ruby wichen langsam vor den Grummelbienen zurück. *Warum sind sie so zornig?*, fragte er sich.

„Was machen wir jetzt?“, flüsterte Agila, als die Bienen sie immer noch umringten.

Talon überlegte, wie er die Bienen nach dem Stein der Macht fragen konnte, ohne sie noch wütender zu machen.

Ruby steckte den Schnabel in Talons Rucksack

und zog ihren Stein heraus. Sie hielt ihn hoch in die Luft, sodass die Bienen ihn sehen konnten.

Das Summen hörte auf.

Talon lächelte Ruby zu.

„Wir suchen nach einem Stein, der so aussieht wie dieser", erklärte Talon den Bienen. „Habt ihr ihn gesehen?"

Eine von ihnen kam näher, um den Stein genauer zu betrachten. Dann flog sie zum Schwarm zurück. Die Bienen sirrten und summten aufgeregt. Schließlich kam die kleine Biene zurück und schwebte vor Talon.

„Wo habt ihr das her?“, fragte sie.

„Ruby hat das erste Stück auf der Feuerinsel gefunden“, sagte Talon. „Sie ist der letzte Feuerfalke.“

Die Bienen summten laut, als sie das hörten.

„Das zweite Stück war in den Kristallhöhlen“, ergänzte Agila. „Und dann haben sich unsere beiden Teile vereinigt.“

„Was wollt ihr mit dem Stein der Macht?“, fragte die Grummelbiene.

„Wir brauchen ihn, um Burung und den *Schatten* daran zu hindern, Perodia zu zerstören“, antwortete Talon. „Aber wir brauchen alle Teile vom Stein, damit er mächtig genug ist, um Burung zu besiegen.“

„Früher hatten wir mal ein Stück davon“, sagte die Grummelbiene. „Aber wir haben es nicht mehr.“

Talon schaute sich traurig um. *Wenn wir nicht alle Teile finden*, dachte er, *werden wir Burung niemals aufhalten und Perodia retten können.*

„Unsere Heimat war einst ein wunderschönes Land, voller Farben und Licht", erzählte die Biene. „Wir haben den Stein bewacht."

„Doch dann schickte Burung den *Schatten* und alles wurde zu Staub", fuhr die Biene fort. „Wir haben nur überlebt, weil das Licht vom Stein der Macht den *Schatten* zurückgehalten hat."

Agila schnappte nach Luft. „Aber wenn euer Stein Burung abgeschreckt hat – wann hat er ihn dann gestohlen?"

Die Grummelbienen schüttelten ihre Köpfe. „Das hat er gar nicht!"

Talon stieß einen erleichterten Seufzer aus. „Aber wo ist der Stein denn jetzt?", fragte er.

Die Bienen fingen wieder an, wütend zu summen. „Die Bären haben ihn gestohlen!", riefen sie.

Die letzte Honigwabe

Talon runzelte die Stirn. „Bären?"

„Ja, die Bären haben uns reingelegt!", schimpfte die kleine Grummelbiene. „Wir hatten unser Stück vom Stein der Macht in einer Honigwabe versteckt – für den Fall, dass Burung kommen würde, um es zu holen. Die Bären sagten, sie würden den Stein beschützen. Deshalb haben wir ihnen die Wabe mit dem Stein übergeben, damit sie ihn sicher aufbewahren."

„Aber in Wirklichkeit wollten sie nur die Honigwabe essen. Sie lieben Honig!", ergänzte eine andere Grummelbiene. „Und jetzt wollen sie den Stein nicht zurückgeben, wenn sie nicht noch mehr Waben von uns bekommen."

Die Bienen flogen zur Flüsternden Eiche, wo ein rundes Bienennest in den höchsten Zweigen hing.

„Wegen Burung ist uns nur noch dieses Nest geblieben. Darin ist unsere allerletzte Honigwabe", sagte die kleine Grummelbiene. „Es tut uns leid, aber wir können euch nicht helfen."

Damit verschwanden die Bienen in ihrem Nest.

„Wir müssen die Bären finden“, sagte Talon zu seinen Freunden. „Und sie dazu bringen, uns den Stein zu geben.“

„Wo sind denn die Bären?“, rief Agila zum Bienennest hinauf.

Eine kleine Grummelbiene kam herausgeflogen und zeigte in Richtung der Hügel, denen die

Freunde gerade entkommen waren. Die Sonne war schon untergegangen und der Mond stand hoch am Himmel.

„Sie leben in einer Höhle ganz oben auf diesem Hügel", sagte die Biene.

Ruby gähnte.

„Wir sollten hier übernachten", meinte Talon. „Morgen früh reden wir dann mit den Bären."

„Und was ist mit Burungs Spionen?“, fragte Agila.

„Wir werden Wache halten“, versprach die Grummelbiene. „Wir warnen euch vor jeder Gefahr.“

Dann verschwand sie wieder in ihrem Nest und ließ die drei allein in der Dunkelheit zurück.

Angriff der Tiger-Fledermäuse

Als die Sonne aufging, stiegen die drei Freunde den Hügel hinauf. Als sie über vertrocknetes Gras unter kahlen krummen Bäumen hindurchliefen, fühlte Talon etwas Heißes an seinem Flügel. Er öffnete den Rucksack. Der Stein der Macht hatte begonnen, purpurrot zu leuchten! Von Sekunde zu Sekunde wurde er immer wärmer und heller.

„Er glüht!", jubelte Talon. „Wir sind schon ganz nah!"

Während sie höher und höher kletterten, hielten sie nach Burungs Spionen Ausschau – oder noch schlimmer: den dunklen Wolken des *Schattens.*

Während sie den Hügel hinaufstiegen, wurde die Luft immer kälter, ihr Stück vom Stein der Macht in Talons Rucksack jedoch immer heißer. Als sie die Spitze des Hügels fast erreicht hatten, hörte Talon über ihnen in der Luft laute, schnappende Geräusche. **Klack, Klack, Klack.**

„Tiger-Fledermäuse!", schrie er und zog seinen Dolch.

Agila lud ihre Schleuder.

Talon schaute nach oben. Große orange-schwarz gestreifte Tiger-Fledermäuse segelten über ihnen hin und her. Die roten Augen von Burungs Spionen leuchteten in der Vormittagssonne vom Himmel und ihre langen scharfen Schnäbel schnappten in der Luft. **Klack, Klack, Klack.**

„Piep!", schrie Ruby.

Die Freunde gingen hinter einem großen Felsen in Deckung und warteten auf den Angriff der Tiger-Fledermäuse. Doch die schienen gar nicht an ihnen interessiert zu sein. Sie kreisten hoch am Himmel, denn etwas weiter oben auf dem Hügel hatte ihre Aufmerksamkeit erregt: die Bärenhöhle.

Talon schnappte nach Luft. „Die Tiger-Fledermäuse wissen offenbar, dass die Bären das nächste Stück vom Stein der Macht haben."

„Stein!", schrie Ruby.

Bevor Talon sie aufhalten konnte, flog Ruby den Hügel hinauf auf die Höhle zu.

„Ruby!", rief Agila und jagte hinter ihr her.

Talon hob ab und schlug so schnell er konnte mit den Flügeln, um sie einzuholen. Weiter vorn sah er den Eingang zur Bärenhöhle, aus der ein mattes purpurrotes Glühen kam.

Der Stein der Macht!, dachte Talon.

„Wir müssen den Stein bekommen“, sagte Talon zu Ruby und Agila, als er sie erreichte. Er bemerkte, wie ihr eigenes Stück im Rucksack hell glühte. Es fühlte sich heißer an als jemals zuvor.

Die Freunde versteckten sich hinter einem anderen großen Felsen neben der Höhle.

„Wie sollen wir denn vor denen zum Stein kommen?“, fragte Agila und zeigte auf den Eingang, den die Tiger-Fledermäuse umschwärmten. Sie waren schon fast alle drinnen, als –

Grrrrrrr!

Ein großes, pelziges, braunes Etwas stürmte aus der Höhle und verjagte die Tiger-Fledermäuse. Sie flogen hoch in die Luft, drehten dann um und griffen den Bären an. Ein zweiter riesiger Bär kam aus der Höhle geschossen und schlug mit seinen Tatzen um sich. Die Tiger-Fledermäuse schnappten mit ihren Schnäbeln nach ihm.

„Wir müssen den Bären helfen!", sagte Talon und ergriff seinen Dolch.

Er gab Ruby den Rucksack.

„Versteck dich. Pass auf die Landkarte und unser Stück vom Stein der Macht auf", sagte Talon zu ihr.

Ruby setzte sich den Rucksack auf und nickte.

Talon schaute Agila an. „Bereit zum Kampf?“, fragte er.

Agila hielt ihre Schleuder hoch und grinste. „Bereit!“

Sie sprang hinter dem Felsen hervor, schoss mit einer Eichel auf eine der Tiger-Fledermäuse und traf sie genau am Kopf.

Talon folgte ihr und flog mit einem lauten Schrei auf die Tiger-Fledermäuse zu. Er schwang seinen Dolch und versuchte, sie von der Höhle wegzulocken, damit Agila hineinschleichen konnte, um den Stein zu holen.

Aber die Tiger-Fledermäuse wollten nicht aufgeben. Sie griffen wieder und wieder an. Talon fühlte, dass sein Flügel immer schwächer wurde, als er versuchte, die Fledermäuse zurückzuhalten.

Die Bären bewachten den Eingang, knurrten und schlugen nach allen Tiger-Fledermäusen, die in ihre Nähe kamen.

Agila stand oben auf der Höhle und feuerte mit Eicheln auf die Fledermäuse unter ihr. Plötzlich schoss eine von ihnen in die Höhe und riss Agila um.

„**Ahhhhh!**“, kreischte sie, als sie abstürzte.

„Agila!“, schrie Talon. Er versuchte zu ihr zu kommen, aber eine weitere Tiger-Fledermaus stellte sich ihm in den Weg und stieß ihm mit dem Schnabel seinen Dolch aus der Hand.

Ich kann sie nicht länger zurückhalten, dachte Talon, während sich in der Ferne die ersten dunklen Wolken des *Schattens* bildeten.

Herbert und Hannes

Aiiiiii-iiie!

Mit weit geöffnetem Schnabel rannte Ruby hinter dem Felsen hervor. Ihre Federn leuchteten heller als der Stein der Macht. Die Tiger-Fledermäuse hielten sich mit ihren Flügeln die Ohren zu und flogen dann schnell davon – hinauf in den Himmel, der immer dunkler wurde.

„Piep!" Ruby starrte ihnen hinterher, ihre Federn brannten immer noch hell.

„Ruby, ich hatte dir doch gesagt, dass du versteckt bleiben sollst“, sagte Talon und verschränkte die Flügel vor seiner Brust.

Sie ließ den Kopf hängen.

„Aber ... ich bin froh, dass du uns geholfen hast“, fuhr Talon mit einem breiten Grinsen fort.

„Sind Burungs Spione weg?“, dröhnte eine tiefe Stimme hinter ihnen.

Talon und seine Freunde drehten sich um und sahen die Bären an. „Ich glaube schon“, antwortete Agila erschöpft.

„Ich bin Talon und das sind Ruby und Agila“, sagte Talon und zeigte auf seine Freunde.

„Danke für eure Hilfe“, brummte der größere Bär. „Ich bin Herbert und das ist mein Bruder Hannes.“

Agilas Schwanz zuckte unruhig. „Die Tiger-Fledermäuse werden zurückkommen", warnte sie.

„Sie wollten unseren Stein", sagte Hannes. „Aber sie dürfen ihn nicht bekommen!"

„*Schatten*!", piepste Ruby.

Alle schauten zum Himmel. Über den zwei Hügeln ballten sich dunkle Wolken zusammen.

„Burung wird bald hier sein. Der *Schatten* kommt schon näher", sagte Talon. „Wir müssen uns beeilen."

Agila drehte sich zu den Bären um. „Wir brauchen euer Stück vom Stein der Macht", erklärte sie ihnen.

Die Bären knurrten böse. „Das gehört uns!", brummte Herbert. „Die Grummelbienen haben es uns gegeben. Ihr könnt es nicht haben."

Ruby holte ihren glühenden Stein aus dem Rucksack und zeigte ihn den Bären.

„Ruby ist der letzte Feuerfalke. Sie ist das einzige Geschöpf, das alle Teile einsammeln kann", erklärte Talon. „Erst wenn der Stein der Macht wieder vollständig ist, können wir Burung und den *Schatten* aufhalten und Perodia retten."

Hannes und Herbert sahen die drei Freunde mit zusammengekniffenen Augen an und flüsterten sich mit ihren rauen Stimmen etwas zu.

Dann drehten sie sich zu Talon und sahen ihn an.

„Warum sollten wir euch trauen?“, fragte Herbert.

Da wurde Agila wütend. „Wir haben euch gerade geholfen gegen die Tiger-Fledermäuse zu kämpfen!“, rief sie empört.

„Piep!“, nickte Ruby.

Herbert kratzte sich am Kopf. „Hmm. Das ist wahr“, brummte er.

Wieder flüsterte er Hannes etwas ins Ohr.

„Okay“, sagte Herbert langsam. „Wir machen euch dasselbe Angebot wie diesen Grummelbienen: Ihr könnt den Stein haben, wenn ihr uns mehr Honigwaben gebt. Es ist lange her, dass wir die letzte gegessen haben.“

Talon runzelte die Stirn. „Wir haben schon mit den Grummelbienen gesprochen. Es ist nur noch eine Wabe übrig“, sagte er. „Sie haben keinen Honig mehr, den sie abgeben können.“

„Nun“, brummte Herbert, „das ist unser Angebot.“

Hannes nickte und verschränkte die Arme über seiner breiten, haarigen Brust. „Kein Honig, kein Stein“, stimmte er zu und dann gingen die Bären in ihre Höhle zurück.

Der *Schatten* kommt näher

Während die Freunde auf dem Hügel standen, wurde der Himmel immer dunkler. Weit in der Ferne konnten sie die Flüsternde Eiche sehen.

Talon seufzte besorgt und drehte sich zu seinen Freunden um. „Wir müssen zurück zur Eiche“, sagte er.

„Burung könnte jeden Moment hier sein“, entgegnete Agila. „Warum konnten uns die Bären nicht einfach den Stein geben? Schließlich haben wir ihnen doch im Kampf gegen die Tiger-Fledermäuse geholfen!"

Talon betrachtete das trockene Land ringsherum. „Burung hat diese Gegend zerstört. Es ist kaum noch Nahrung übrig", entgegnete er. „Ich denke, Hannes und Herbert brauchen den Honig wirklich."

„Na gut, dann sollten wir uns lieber beeilen", sagte Agila und kletterte auf Rubys Rücken.

Die drei Freunde glitten über den Berghang mit den toten Bäumen hinweg. Der Himmel hatte sich noch mehr verdunkelt, als sie wieder bei der Flüsternden Eiche ankamen. Der *Schatten* kam näher.

„Bienen!“, rief Ruby mit sanfter Stimme.

„Grummelbienen!“, stimmte Talon in ihre Rufe ein.

Die Äste des Baumes schwankten ein wenig, als die Bienen sich von ihnen erhoben. Summend umschwirrten sie die drei Freunde.

„Habt ihr das nächste Stück gefunden?“, fragte die kleinste Biene.

Talon nickte. „Ja, aber die Bären wollen es uns nicht geben“, sagte er.

Die Bienen summten lauter.

„Sie haben wieder nach eurer Honigwabe im Tausch für den Stein gefragt", erzählte Agila ihnen.

Die Bienen summten noch lauter.

„Wir haben nur noch eine Wabe übrig und die brauchen wir!", erklärte die kleine Biene Talon. „Als der *Schatten* unsere Heimat zerstört hat, wurden auch alle Blumen vernichtet. Wir haben den Nektar aus den Blüten gesammelt und ihn in unsere Waben gebracht. Dort lagern wir unseren Honig. Aber ohne die Blumen können wir ihn nicht mehr herstellen. Diese Wabe enthält die letzte Nahrung, die wir noch haben."

Der Honig in dieser Wabe ist das Letzte, was sowohl die Bienen als auch die Bären noch zu essen haben, dachte Talon. *Was können wir nur tun?*

„*Schatten!*", rief Ruby und deutete mit dem Schnabel zum Himmel. Er war fast so dunkel wie in der Nacht.

„Bitte!", flehte Talon die Bienen an. „Burung und der *Schatten* werden bald hier sein. Dann wird ganz Perodia zerstört. Sogar die Flüsternde Eiche!"

Talon schaute Hilfe suchend zu Agila, aber die beachtete ihn nicht. Stattdessen suchte sie etwas in ihrer Rüstung.

„Was machst du da?“, fragte Talon. „Ich brauche hier deine Hilfe!“

Mit einem Lächeln zog Agila die funkelnde lila Blume hervor, die sie auf der Wiese gepflückt hatte.

Die Grummelbienen summten aufgeregt. Sie hatten den süßen Duft der Blüte sofort gerochen.

„Und wenn ich euch erzähle, dass es ganz in der Nähe immer noch Blumen gibt?“, sagte Agila zu den Bienen.

Ein neues Zuhause

Die Grummelbienen summten aufgeregt um die herrlich duftende Blume in Agilas Pfote herum.

„Wo hast du die gefunden?“, fragten sie. „Der *Schatten* hat doch alles zerstört. Es *gibt* keine Blumen mehr.“

Talon zog Greys magische Landkarte aus dem Rucksack hervor. Er rollte sie auseinander und zeigte auf ihren Standort: Die Flüsternde Eiche.

Dann glitt er mit dem Flügel über die Mooshügel und zeigte auf einen Punkt auf der anderen Seite.

„Hier haben wir sie gefunden – auf einer magischen Wiese."

„Dort gibt es Blumen in allen Farben und weiches, grünes Gras", sagte Agila und lächelte bei der Erinnerung.

Ruby nickte.

„Ihr werdet dort so viel Nektar sammeln und so viel Honig machen können, dass genug für alle da ist – sogar für die Bären!", ergänzte Talon.

Die kleinste Biene flog herbei und landete auf Agilas Blume. Sie verschwand zwischen den Blütenblättern und tauchte kurz darauf völlig mit Blütenpollen bedeckt wieder auf.

Die anderen Bienen drängten sich eifrig summend um sie herum.

„Was macht ihr da?“, fragte Talon. „Burung wird bald hier sein!“

Die Bienen schauten ihn an. „Folge uns“, sagte die kleinste Biene.

Talon flog zu den höchsten Zweigen der Eiche und landete neben dem großen Bienennest.

„Nimm dir, was ihr braucht“, bot die kleine Biene an.

„Vielen Dank!“, sagte Talon.

Er spähte hinein und sah eine goldene Wabe voller klebrigem Honig. Talon lief das Wasser im Schnabel zusammen. Es roch köstlich. *Kein Wunder, dass die Bären ihn so gerne haben wollen*, dachte er.

Er griff mit seinem Flügel in das Nest und brach die Honigwabe ab.

Dann flog Talon wieder zu Agila und Ruby herunter.

„*Schatten*!", piepste Ruby.

Talon konnte die Grummelbienen summen hören, als sie sich darauf vorbereiteten, die Flüsternde Eiche zu verlassen. *Ich hoffe, sie werden in ihrem neuen Zuhause auf der Wiese glücklich sein*, dachte er.

Der *Schatten* war schon fast über ihnen. Die Freunde mussten vor Burung oder den Tiger-Fledermäusen wieder bei den Bären sein.

„Auf zu den Hügeln!", rief Talon.

Der Stein der Macht

Talon, Ruby und Agila flogen den Berg so schnell sie konnten wieder hinauf.

„Wir müssen uns beeilen!“, sagte Talon.

Schließlich landeten sie vor der Bärenhöhle.

„Wir haben eure Honigwabe!“, rief Talon in Richtung Höhleneingang.

Hannes und Herbert steckten die Köpfe aus ihrer Höhle. „Wirklich?“, fragten sie erfreut.

Talon nickte. Er griff in den Rucksack, in dem er

die Honigwabe sicher untergebracht hatte. Dann zog er sie heraus, um sie den Bären zu zeigen.

Die beiden leckten sich die Lippen. „Lecker!", brummten sie und streckten ihre großen Tatzen danach aus.

Aber Talon hielt die Wabe zurück.

„Und was ist mit dem Stein der Macht?", fragte er.

Agila verschränkte die Arme und nickte. „Wir hatten eine Abmachung", sagte sie. „Ihr bekommt die Honigwabe, wenn ihr uns den Stein gebt."

„Piep!", stimmte Ruby zu.

Herbert verschwand in der Höhle.

Auauauu!, heulte er plötzlich und kam ohne den Stein wieder aus der Höhle gestürmt. Er leckte sich die Tatzen. „Ich kann ihn nicht anfassen", jammerte er zwischendurch. „Er ist zu heiß!"

Ruby piepste laut.

„Für Ruby ist er nicht zu heiß", sagte Talon kichernd.

Die Bären traten zurück und ließen den Feuerfalken in die Höhle.

Talon beobachtete, wie sich ein purpurrotes Leuchten in der dunklen Höhle ausbreitete. Kurz darauf kam Ruby wieder herausgehüpft, im Schnabel das Stück vom Stein der Macht.

Talon gab den Bären die Honigwabe.

„Danke!", sagte Herbert kauend.

„Viel Glück für den Rest eurer Reise!", brummte Hannes, während er sich den klebrigen Honig von den Tatzen leckte.

Die Bären gingen in ihre Höhle zurück.

Ruby legte den Stein auf den Boden und nahm das andere Stück aus Talons Rucksack.

Beide Teile waren glühend heiß und leuchteten strahlend hell. Langsam bewegten sie sich aufeinander zu und verbanden sich dann mit einem grellen Lichtblitz zu einem einzigen großen Stück!

Aber der magische Stein der Macht war immer noch nicht komplett. Es war deutlich zu sehen, dass noch mindestens ein weiteres Stück fehlte.

Talon zog die Landkarte heraus.

„Wo müssen wir als Nächstes hin?“, fragte Agila und schaute ihm über die Schulter.

Ruby hüpfte aufgeregt auf und ab, als ein neuer Punkt auf dem Papier zu glühen begann.

„Richtung Osten“, antwortete Talon und studierte die Landkarte. „Das nächste Stück ist am Schlafsee.“

Katrina Charman wollte Kinderbuchautorin werden, seit sie elf war. Damals forderte ihr Lehrer die Klasse auf, ein Nachwort zu Roald Dahls Buch *Matilda* zu schreiben. Katrinas Lehrer fand ihren Text gut genug, um ihn an Roald Dahl persönlich zu schicken. Leider hat sie nie eine Antwort erhalten, aber dieses Erlebnis entfachte ihre Liebe zum Lesen und Schreiben. Katrina lebt mit ihrem Mann und ihren drei Töchtern in England.

Jeremy Norton ist ein erfahrener Illustrator und Maler. Schon als Kind war er ein fantasievoller und produktiver Künstler und er versucht nach wie vor, in seinen Arbeiten ein Gespür für das Wunderbare zu vermitteln. Jeremy Norton lebt in Spanien. *Der letzte Feuerfalke* ist seine erste Reihe für Leseanfänger.

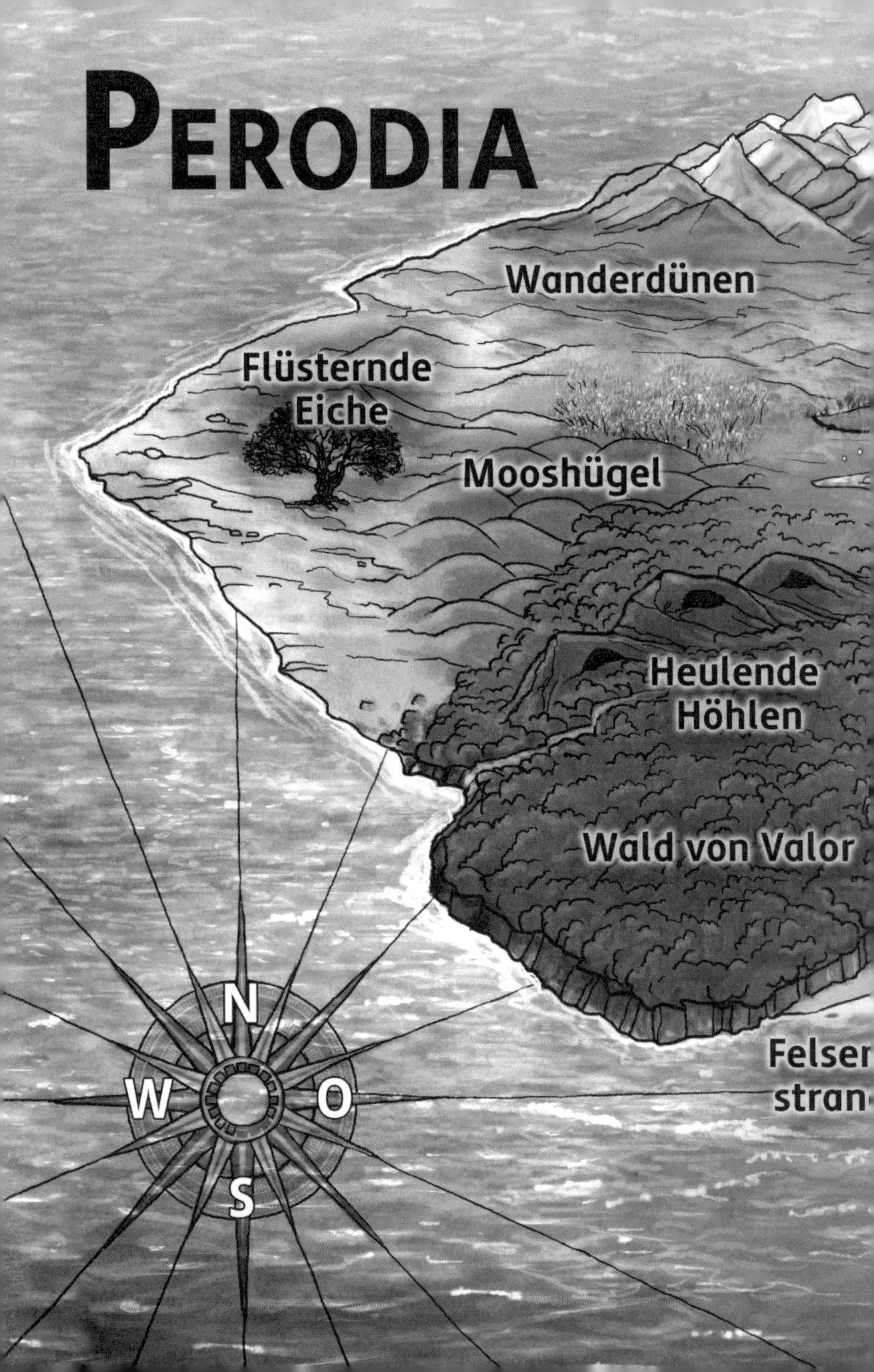
PERODIA
Wanderdünen
Flüsternde Eiche
Mooshügel
Heulende Höhlen
Wald von Valor
Felsen
stran
N
W
O
S